I'r bois – Harri, Rhys a Tomos

www.davidmelling.co.uk

www.huglessdouglas.co.uk

Diwrnod Cyntaf Douglas yn yr Ysgol

DAVID MELLING

Addasiad Cymraeg gan Dafydd Saunders-Jones

www.atebol.com

@ebol

Roedd yr haul yn gwenu ar **ddiwrnod mawr** arall i Douglas!

Roedd newydd ymuno â'r Bws Cerdded ar ei ddiwrnod cyntaf yn yr ysgol. 'Tybed beth fyddwn ni'n ei wneud yno?' meddai Douglas. 'O! dwi'n edrych ymlaen.'

The sun was shining on another **big day** for Douglas!

He had just joined the Walking Bus on his first day at Little School.
'I wonder what we're going to do?' said Douglas. 'I can't wait!'

'Bore da, bawb!' meddai'r athrawes newydd.
'Fy enw i yw Miss Mww-Hww!

'Good morning, everyone!' trilled their new teacher.
'My name is Miss Moo-Hoo!

Rhowch eich bagiau ar y pegiau, os gwelwch yn dda, ac eistedd i lawr yn dawel.'

Can you hang your bags on the pegs, please, and sit down nicely?'

Doedd pawb ddim yn gallu cyrraedd y peg, felly aeth Douglas i'w helpu. 'Diolch, Douglas,' meddai Miss Mww-Hww, 'rwyt ti'n un da am helpu!'

Not everyone could reach, so Douglas lent a hand. 'Ooh, thank you, Douglas,' said Miss Moo-Hoo, 'you are helpful!'

Teimlodd Douglas ryw **oglais** braf iawn y **tu mewn**
a wnaeth iddo deimlo'n hapus iawn iawn.

Douglas felt a **tickle** inside his **tummy** and it made him feel very happy.

'Nawr 'te,' meddai Miss Mww-Hww,
'beth hoffech chi ei wneud?'

Roedd pob ateb yn wahanol:

'Now tell me,' said Miss Moo-Hoo,
'what do you all like doing best?'

Every answer was different:

Roedd Douglas yn dal i deimlo'n hapus. Penderfynodd y byddai'n haws **dangos** i Miss Mww-Hww beth yn union roedd yn hoffi ei wneud orau ...

Douglas still felt the nice tickle in his tummy and thought it would be helpful to **show** Miss Moo-Hoo exactly what he liked doing best ...

'Dringo!'
'Climbing!'

'O diar!' ochneidiodd Miss Mww-Hww.
'Dyna **gwtsh mawr!**'

'Oh my!' gasped Miss Moo-Hoo. 'What a **big hug!**'

'Mae gan Douglas syniad hyfryd,'
meddai Miss Mww-Hww.
'Beth am i ni i gyd roi **cwtsh helô** i'n gilydd!'
A dyna beth wnaethon nhw.

'Douglas has a lovely idea,' she said.
'Let's all give each other a gentle **hello hug!**'
So they did.

Roedd Douglas yn cael cymaint o hwyl yn cwtsio!
Ei enw arnyn nhw oedd
cwtsh caredig
a rhoddodd un cwtsh
i bawb.

Douglas was having
so much hugging fun!
He called them
helpful hugs
and everyone
got one.

'Fe ddangosodd i'r dosbarth beth i'w wneud mewn **argyfwng cwtsio** hyd yn oed, gan ddefnyddio cymaint o glustogau â phosib ...

He even showed the class what to do in a **hug emergency**, with as many cushions as he could ...

er syndod i rai!

which was a surprise to some!

Yn y diwedd, fe roddodd
Miss Mww-Hww bawb
i eistedd wrth y goeden.
'Beth am dynnu llun lliwgar?' meddai.

Eventually, Miss Moo-Hoo settled them down by the tree.
'Let's make a colourful picture,' she said.

'Edrychwch arnon ni'n gwneud olion pen-ôl!'
meddai Douglas. Ac fe fuon nhw i gyd
yn sblisio a sblasio tan amser cinio.

'Look at us making bottom prints!' said Douglas.
They all splished and splashed their way to lunchtime.

'Peidiwch anghofio golchi eich dwylo cyn bwyta!'
meddai Miss Mww-Hww.

'Mae gen ti draed coch!' meddai Douglas.

'Mae gen ti fol gwyrdd!' meddai Sblosh.

'Don't forget to wash before you eat!' called Miss Moo-Hoo.

'You've got red feet!' said Douglas.

'Your tummy is green!' said Sblosh.

Felly dyma nhw'n gafael yn eu poteli dŵr ac yn **chwistrellu** …

So they grabbed their water bottles and **squirted** …

ac aeth popeth braidd yn **wlyb**.

and everything got a bit **soggy**.

O'r diwedd, roedd y
ddau yn lân ac yn sych.

When, at last, they were clean and dry,

Penderfynodd Douglas
a Sblosh fwyta eu cinio
gyda'i gilydd. Roedd y ddau
bellach yn ffrindiau gorau.

Douglas and Sblosh ate their lunch together,
now the best of friends.

Ar ôl cinio, aeth Miss Mww-Hww i nôl y blociau dringo. 'Tyrd, Douglas, beth am adeiladu tŵr?' meddai Sblosh.

Daeth pawb i helpu ac fe dyfodd y tŵr yn uwch ac yn uwch. Roedd yn **wiblan** ac yn **woblan** yn y mannau anghywir

hyd nes ...

After lunch, Miss Moo-Hoo got out the climbing blocks. 'Come on, Douglas, let's build a tower!' said Sblosh.

Everyone soon joined in and the tower grew and grew.

And the more it grew, the more it **wibbled** and **wobbled** in all the wrong places

until ...

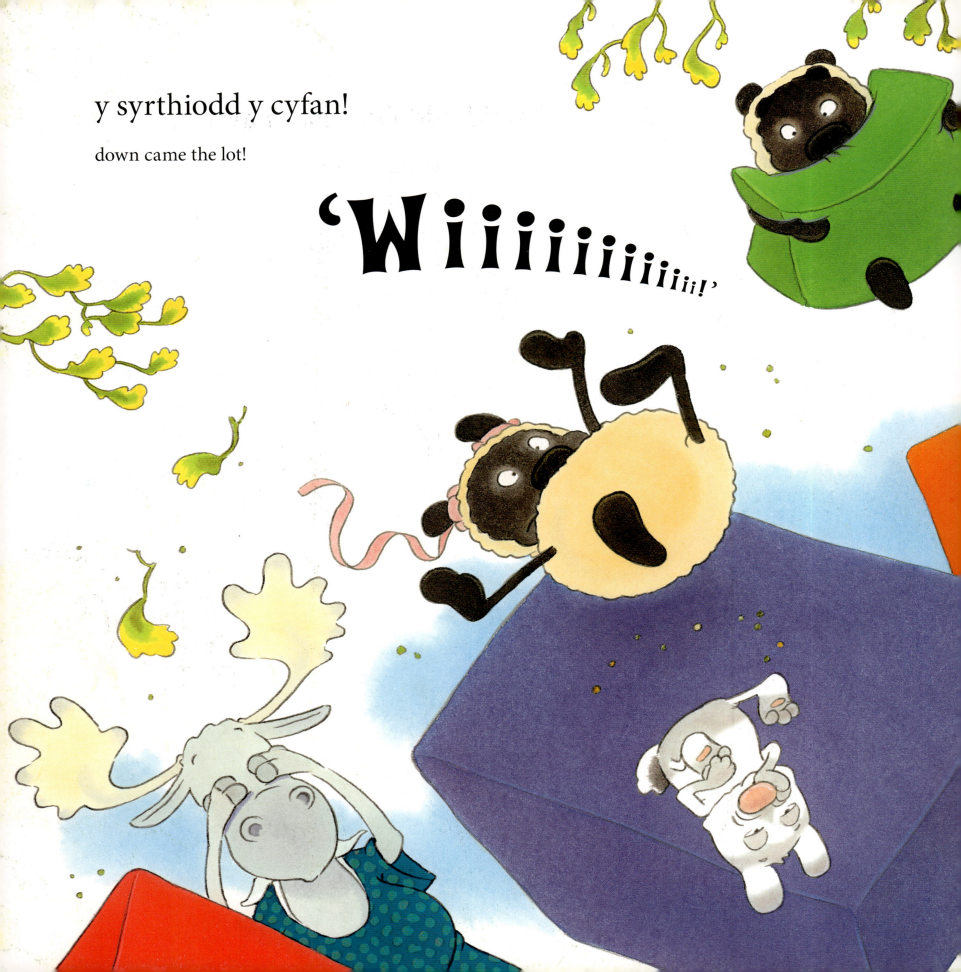

Neidiodd Douglas i'r awyr ...

Douglas leapt into the air ...

a dal pawb!

and caught everyone!

'Da iawn, Douglas!' meddai Miss Mww-Hww.

'Gwych iawn!' meddai Sblosh gan ysgwyd ei adenydd.

'Mae'n amser mynd adref!'
meddai Miss Mww-Hww.
'Casglwch eich pethau,
os gwelwch yn dda,
a dechrau paratoi
am y Bws Cerdded.'

'Well done, Douglas!' said Miss Moo-Hoo.

'That was brilliant!'
said Sblosh, flapping his wings.

'It's home time now,' Miss Moo-Hoo said.
'Collect your things, please, and get ready
for the Walking Bus.'

Wrth ddechrau cerdded teimlodd Douglas
y goglais hapus y tu mewn iddo unwaith eto.
Pan ofynnodd Sblosh iddo pam roedd yn gwenu,
dywedodd ei ffrind newydd ei fod yntau hefyd
yn teimlo 'run fath!

'Mae'r Ysgol yn llawn o hwyl!'
chwarddodd y ddau.

As they set off Douglas felt his happy tummy feeling. And when Sblosh asked
him why he was smiling, it turned out his new friend had the same feeling too!
'Little School is so much fun!' they laughed.

Pwll Tywod

Sandpit

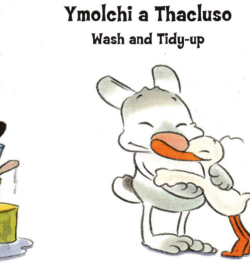

Ymolchi a Thacluso

Wash and Tidy-up

Ddim yn Amser Bwyd

Not Snack Time

Grisiau Plant Drwg

Naughty Steps

Cwtsh Diwrnod Cyntaf

First Day Hug

Cornel Cymorth Cyntaf

First Aid Corner

Amser Cysgu

Nap Time

Amser Stori

Story Time

Cwtsh Wnei-Di-Fod-Yn-Ffrind-i-Mi

Will-You-Be-My-Friend Hug

Gwisgo i Fyny

Dressing Up

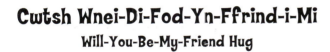

Sgitls Paentio

Painting Skittles

Y fersiwn Saesneg

Addasiad o *Hugless Douglas Goes to Little School* gan David Melling

Cyhoeddwyd gyntaf gan Hodder Children's Books, 338 Euston Road, Llundain NW1 3BH

Hawlfraint y testun © David Melling 2015

Hawlfraint yr arlunwaith © David Melling 2015

Mae David Melling wedi datgan ei hawl dan Ddeddf Hawlfreintiau, Dyluniadau a Phatentau 1988
i gael ei gydnabod fel awdur ac arlunydd y llyfr hwn.

Cedwir pob hawl

Mae Hodder Children's Books yn rhan o Hachette Children's Books sy'n rhan o Hachette UK

Y fersiwn Cymraeg

Addaswyd gan Dafydd Saunders-Jones

Golygwyd gan Adran Olygyddol Cyngor Llyfrau Cymru

Dyluniwyd gan Owain Hammonds

Cyhoeddwyd yn y Gymraeg gan Atebol Cyfyngedig, Adeiladau'r Fagwyr,
Llanfihangel Genau'r Glyn, Aberystwyth, Ceredigion SY24 5AQ

Hawlfraint y cyhoeddiad Cymraeg © Atebol Cyfyngedig 2015

www.atebol.com